Art & Design Textbooks For Vocational
And Technical Colleges

高等学校高职高专艺术设计类专业规划教材

主编 严燕　　副主编 吕锐

AD.Design

时代出版传媒股份有限公司
安徽美术出版社
全国百佳图书出版单位

高等学校高职高专艺术设计类专业规划教材

指导委员会

主　任　李雪

副主任　高武

委　员　（按姓氏笔画顺序排列）

王家祥	江洁	谷成久	杨文兰
沈宏毅	汪贤武	余敦旺	胡戴新
姬兴华	鹿琳	程双幸	

组织委员会

主　任　郑可

副主任　张波　高旗

委　员　（按姓氏笔画顺序排列）

万腾卿	王军	方从严	何频
何华明	李新华	邵杰	吴克强
肖捷先	余成发	杨帆	杨利民
郑杰	胡登峰	荆泳	骆中雄
闻建强	夏守军	袁传刚	黄保健
黄匡宪	程道凤	廖新	颜德斌
濮毅			

编写委员会

主　任　武忠平　巫俊

副主任　孙志宜　庄威

委　员　（按姓氏笔画顺序排列）

丁利敬	马幼梅	于娜	毛孙山
王亮	王茵雪	王海峰	王维华
王燕	文闻	冯念军	刘国宏
刘牧	刘咏松	刘姝珍	刘娟绫
刘淮兵	刘哲军	吕锐	任远峰
江敏丽	孙晓玲	孙启新	许存福
许雁翎	朱欢瑶	陈海玲	邱德昌
汪和平	苏传敏	李华旭	吴为
吴道义	严燕	张勤	张鹏
林荣妍	周倩	荆明	顾玉红
陶玲凤	夏晓燕	殷实	董苏
韩岩岩	蒋红雨	彭庆云	疏梅
谭小飞	潘鸿飞	霍甜	

图书在版编目（CIP）数据

广告设计 / 严燕主编. — 合肥：安徽美术出版社,2010

高等学校高职高专艺术设计类专业规划教材

ISBN 978-7-5398-2412-3

Ⅰ. ①广… Ⅱ. ①严… Ⅲ. ①广告－设计－高等学校：技术学校－教材 Ⅳ. ① J524.3

中国版本图书馆 CIP 数据核字（2010）第 150587 号

高等学校高职高专艺术设计类专业规划教材

广告设计

主编：严燕　　副主编：吕锐

出版人：郑可　　选题策划：武忠平

责任编辑：朱小林　责任校对：史春霖

封面设计：秦超　　版式设计：徐伟

责任印制：李建森　徐海燕

出版发行：时代出版传媒股份有限公司

安徽美术出版社（http://www.ahmscbs.com）

地　　址：合肥市政务文化新区翡翠路 1118 号出版传媒广场 14F　　邮编：230071

营销部：0551-3533604（省内）

　　　　0551-3533607（省外）

印　　制：合肥华星印务有限责任公司

开　　本：889×1194　　1/16　　印张：5.5

版　　次：2010 年 12 月第 1 版

　　　　　2010 年 12 月第 1 次印刷

书　　号：ISBN 978-7-5398-2412-3

定　　价：38.00 元

序 言

高职高专教育是我国高等教育的重要组成部分，其根本任务是培养适应经济社会发展需要的、德、智、体、美全面发展的高等技术应用型专门人才。当前，经济社会的发展既给高职高专教育带来了难得的发展机遇，同时也对高职高专院校的人才培养工作提出了新的、更高的要求。

艺术设计是高职高专教育中一个重要的专业门类，在高职高专院校中开设得较为普遍。据统计：全国1200余所高职高专院校中，开设艺术设计类专业的就有700余所；我省60余所高职高专院校中，开设艺术设计类专业的也有30余所。这些院校通过多年的不懈努力，为社会培养了大批艺术设计方面的专业人才，为经济社会的发展做出了重要贡献。但是，随着经济社会的不断发展及其对应用型人才要求的不断提高，高职高专艺术设计类专业针对性不强、特色不鲜明、知识更新缓慢、实训环节薄弱等一系列的问题突显出来。课程和教学内容体系改革成为当前高职高专艺术设计类专业教学改革的重点。

教材建设作为整个高职高专教育教学工作的重要组成部分，不仅是艺术设计类专业教育的关键环节，同时也会对艺术设计类专业课程和教学内容体系改革起到积极的推进作用。艺术设计类专业的教材建设同样也要紧紧围绕高职高专教育培养高等技术应用型专门人才的核心任务开展工作。基础课教材建设要以应用为目的，以必需、够用为度，以讲清概念、强化应用为重点，专业课教材建设要突出教学的针对性和实用性。此外，除了要注重内容和体系的改革之外，艺术设计类专业的教材建设同时还要注重方法和手段的改革，以跟上经济社会发展的实际需求。

在安徽省示范院校合作委员会（简称"A 联盟"）的悉心指导和帮助下，安徽美术出版社根据教育部《关于加强高职高专教育教材建设的若干意见》以及《关于全面提高高等职业教育教学质量的若干意见》的精神和要求，组织全省 30 余所高职高专院校共同编写了这套高等学校高职高专艺术设计类专业规划教材。参与教材编写的都是高职高专院校的一线骨干教师，他们教学经验丰富，应用能力突出，所编教材既符合教育部对于高职高专教育教材建设的基本要求，同时又考虑到我省高职高专教育的实际情况，既体现了艺术设计类专业应用型人才培养的特点，也明确了艺术设计类课程和教学内容体系改革的方向。相信教材的推出一定会受到高职高专院校师生们的广泛欢迎。

当然，教材建设不可能是一蹴而就的事情，就我省高职高专艺术设计类专业的教材建设来讲，这也仅仅是一个开始。随着全国高职高专教育的蓬勃发展，随着我省职业教育大省建设规划的稳步推进，我们的教材建设工作也必将与时俱进，不断完善。

期待着这套艺术设计类专业规划教材能够发挥其应有的作用，也期待着我们的高职高专教育能够早日迎来更加光辉灿烂的明天。

高等学校高职高专

艺术设计类专业规划教材编委会

目 录 CONTENTS

概 述

■ 教学内容：广告的概念、分类以及发展趋势，广告设计的基本步骤。

■ 教学目的：熟悉广告的基础知识，掌握广告设计的基本步骤，充分认识市场调查、设计策划在广告设计过程中的基础性作用。

第一节 何谓广告

一、广告的概念

广告，从字面上理解，就是"广而告之"。广告有广义和狭义之分，广义的广告泛指一切营利性的和非营利性的广告，狭义的广告是指营利性的经济广告，即商业广告。（图1至图6）

在现实生活中，我们大多数人所理解的广告实为经济广告。哈佛《企业管理百科全书》认为："广告是一项销售信息，指向一群视听大众，为了付费广告主的利益去寻求经由说服来销售商品、服务或观念。"美国广告学家克劳德·霍普金斯将广告定义为："广告是将各种高度精练的信息，采用艺术手法，通过各种媒介传播给大众，以加强或改变人们的观念，最终引导人们的行动的事物和活动。"

两者对于广告的定义和表述虽不完全相同，但其基本内涵是一致的，即指一切面向大众的告知活动。

图1 大众汽车平面广告

图2 尼桑汽车广告

图3 洗浴用品平面广告

图4 夏士莲平面广告

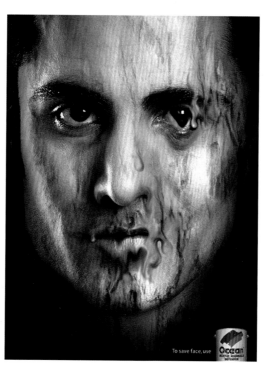

图5 OCEAN 油漆广告

图6 ABSOLUT 平面广告

二、广告的分类

1. 根据传播媒介分类

印刷类广告：主要包括印刷品广告和印刷绘制广告。印刷品广告有报纸广告、杂志广告、图书广告、招贴广告、传单广告等，印刷绘制广告有墙壁广告、路牌广告、包装广告、挂历广告等。（图7至图11）

图7 印刷品广告

图8 印刷品广告

图9 印刷品广告

图10 印刷绘制广告

图11 印刷绘制广告

图12 霓虹灯广告

电子类广告：主要有广播广告、电视广告、电影广告、网络广告、电子显示屏幕广告、霓虹灯广告等。（图12至图14）

实体广告：主要包括实物广告、橱窗广告、赠品广告等。（图15、图16）

2．根据广告进行的地点分类

销售现场广告（又称POP广告）：指设置在销售场所内外的广告，主要包括橱窗广告、货架陈列广告、室内外彩旗广告、卡通式广告、巨型商品广告等。（图17）

非销售现场广告：指存在于销售现场之外的一切广告形式。（图18）

3．根据广告的内容分类

商业广告：商业广告是广告中最常见的形式，是广告学理论重点研究的对象。商业广告以提供商品信息为主要内容，以推销商品为最终目的。（图19至图22）

文化广告：以科学、文化、教育、体育、新闻出版等为传播内容的广告。（图23至图25）

图13 电视广告

图14 网络广告

图 15　实物广告

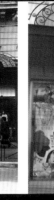

图 16　橱窗广告

图 17　销售现场广告

图 18　非销售现场广告

图 19　商业广告

图 20　商业广告

图 21　商业广告

图 22　商业广告

图 23 文化广告

图 24 文化广告

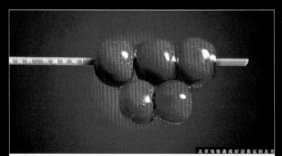

图 25 文化广告

图 26 社会广告

图 27 社会广告

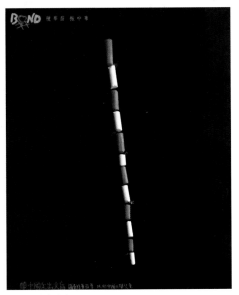

图28 社会广告

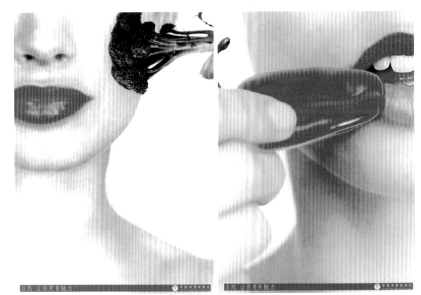

图29 政府公告

图30 政府公告

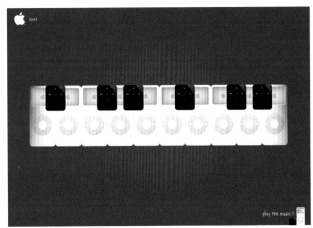

图31 产品广告

图32 产品广告

社会广告：指提供社会福利、医疗保健、社会保险以及征婚、寻人、挂失、招聘、住房调换等社会服务的广告。(图26至图28)

政府公告：政府部门发布的公告，往往也具有广告的作用。如公安、交通、法院、财政、税务、工商、卫生等部门发布的公告性信息等。(图29、图30)

4.根据广告目的分类

产品广告：指向消费者介绍产品的特性，直接推销产品的广告。其目的是打开销路，提高市场占有率。(图31至图33)

图33 产品广告

只有
好消息
比我们早到

图34 公共关系广告

图35 公共关系广告

公共关系广告：指以树立组织良好社会形象为目的，使社会公众对组织增加信心的广告。（图34、图35）

此外，我们还可以根据广告的表现形式将广告分为图片广告、文字广告、表演广告、说词广告、综合性广告等，根据广告的阶段性将广告分为倡导广告、竞争广告、提示广告等。

三、广告的发展趋势

目前，世界经济是社会化大生产下的大经济，在世界新技术革命的推动下，整个世界经济处在大转变、大调整之中。而信息社会又是整个世界的发展趋势，未来广告业的发展将更多地受到新科技成果的影响。同时，随着市场的不断变化，新媒体的不断涌现，广告的内涵也将发生巨大变化。

从作用上来说，广告将为现代社会提供更加全面的信息服务，它在社会政治、经济、文化等方面的作用会越来越大。

从技术上来说，高科技的运用，开拓了新媒介技术，同时也对原有媒介进行了大幅的改进。广告将向着电子化、现代化、艺术化、空间化等多维的方向发展。

在全球一体化的格局中，广告业也将国际化。随着科技手段的发展、思维观念的更新、国际化模式的推动，广告将朝着传播技术更好、艺术水平更高的明天大步前进。（图36至图38）

图 36　创意独特的广告

图 37　无处不在的广告

图 38　全部由电脑制作的广告

第二节　广告设计的步骤

　　商业广告的目的是为客户创造更多的经济效益，所以广告设计的第一步就是要
跟客户进行良好的沟通。具体说来，广告设计一般可分市场调查、设计策划、主题
的确定、创意构思、艺术表现等步骤。

一、市场调查

　　市场调查的目的是为了了解市场宏观情况、行业发展情况、市场供需情况、企
业竞争力情况、企业产品品牌价值等。这些调查数据将为明确广告目标、设计定位

图39 珠宝广告

及主要诉求方向等提供依据。(图39、图40)

市场调查主要针对两个方面：一是市场环境调查，主要包括市场容量调查、市场占有率调查和销售趋势调查；二是消费者调查，主要包括价格敏感度调查、广告影响度调查、购买动机与购买行为调查等。

在具体操作中，针对消费者可以使用"5W1H"的方法。"5W1H"即是何人(Who)、何时（When)、何事(What)、何地(Where)、为何（Why）与如何实施(How)。其中，"Who"指明确调查的特定对象；"When"指人们的爱好、需要随着时间和季节而发生变化；"What"指调查产品、市场、消费者、市场竞争、广告宣传的情况等；"Where"指要随着人

图40 巧克力广告

们所处的场合、环境等进行不同的调整；"Why"指对商品、销售、消费者的关系进行预测，从而正确定位；"How"指商家对于消费者的反馈该如何做。

二、设计策划

设计策划是用科学与艺术的知识，针对设计对象搜集各种相关信息，再根据事物的发展规律与趋势，为设计行为提供正确的决策信息，使设计发挥出最大的经济效益和社会效应的工作。它既是一种智力活动和思维艺术，同时又是一种理论性与实践性紧密结合的创造性行为。（图41）

宏观上，设计策划是对整个设计活动的一种规划与谋略。

微观上，设计策划是反映到具体设计对象的策略与谋划。

为了保证设计策划的指导性、操作性，在进行设计策划的过程中必须坚持以下几项基本原则：

1.客观性。从调查的开始到设计策划的结束，都要尊重客观事实，在本身拥有的环境和资源条件下创新人们所乐意接受的产品和企业。

2.理性分析。整合现有资源与现有环境，将不可能转变成可能。这是设计策划创新的根本体现。

3.整体规划。设计策划是设计行为的一部分，它的价值体现在实施其方案的设计行为上。任何良好的策划必须有相应的配套资源与条件来保证其实施。

4.可行性。设计策划既要对现实问题进行理性分析和科学判断，作出正确可行的决策，同时也要综合各方面的知识来体现宣传的商业性和艺术性。

图41　春兰超薄洗衣机广告

三、广告主题的确立

广告主题既是广告的中心思想也是广告的灵魂，是广告为达到某项目标而要说明的某种观念。广告必须鲜明而突出地表达其广告主题，使人们在接触广告之后，很容易理解广告在告知他们什么，要求他们什么。广告主题由广告目标、信息个性和消费心理三个要素构成。用公式来表示，即：广告主题＝广告目标＋信息个性＋消费心理。

广告主题的确定不可能一蹴而就，一般是先提出多种方案，然后经过试用，方可最后确定。同时，广告主题的选择是否恰当，往往也要经过市场的检验，当市场检验不够理想时，必须及时重新进行研究，改进广告主题。在确定广告主题时，对何种商品选用何种主题并没有一定的限制，但就通常的广告主题而言，一般应显眼、易懂、刺激、统一、独特，避免同一化、扩散化和共有化倾向。

四、创意构思

所谓创意构思，即是通过一定的方法，根据所确定的广告主题构思出广告的创意。创意构思既要能够让广告对象乐于接受，同时也要能够与广告的产品或服务相结合。它是实现广告目标重要而有效的手段。完成了广告的创意构思之后，接下来要解决的是怎样表现的问题。

五、艺术表现

广告设计的表现手法十分丰富。例如：在展示某些产品的外观造型时，我们可以借助于摄影或绘画的写实表现能力，将产品精美的质地引人入胜地呈现出来，从而给人以逼真的现实感，并使消费者对所宣传的产品产生一种亲切感和信任感。这种手法由于是直接将产品呈现在消费者面前，所以要十分注意画面上产品的组合和展示角度，应着力突出产品的品牌和产品本身最容易打动人的部位。如果运用色光和背景进行烘托，使产品处于一个具有感染力的空间，往往更能增强广告画面的视觉冲击力。

随着现代科技的发展，电脑美术如今已成为了广告艺术表现的主流。（图42、图43）

黑人牙膏

图42 黑人牙膏广告

图43 朝日啤酒广告

思考与练习

1.什么是广告？请列举出三则你印象深刻的广告。

2.通过赞助《超级女声》，蒙牛集团的"蒙牛酸酸乳"的销售额由2004年6月的7亿元上升到2005年8月的25亿元，同比增长了2.7倍。在2005年的贺岁电影《天下无贼》中，不断出现的宝马汽车、惠普笔记本、佳能数码相机、中国银联、《北京晨报》等，都给观众留下了深刻的印象。你怎么看待这些广告形式？

3.选择一个广告主题，尝试按照不同的设计定位来进行广告创作。

4.选择1—2个广告方向，分组进行市场调研，并完成书面调研报告（1500字左右）。

第一章　广告设计基础

■ 教学内容：平面构成、色彩构成以及文字设计相关知识在广告设计中的运用。
■ 教学目的：在对广告设计中不同视觉传达要素进一步学习的基础上，掌握平面
　　　　　　设计的基本方法及形式法则。

第一节　平面构成基础

一、点的运用

　　点是图形创意中最基本的元素，也是广告设计中运用较为广泛的视觉元素之一。点有大小，不同大小的点具有不同的视觉效果。点有各种各样的形状。理想的点为圆点，具有位置与大小的属性；其他如三角形或四角形等不规则的点，除了具有位置与大小的属性外，还具有方向感。相对于周围的空间，点的面积越小，越具有点的特征，点逐渐增大时，则趋于面的感觉。点向一个方向连续排列时，就形成虚的线，其距离越近，线的特征越显著；点向四边连续排列时，就形成虚的面，其

图1-1　点元素的运用

图1-2　点元素的运用

距离越近，面的特性越显著。点具有灵活性，能活跃画面气氛，避免画面的单调、呆板；点有聚散的作用，众多点的聚集或扩散，常常会给画面带来生动的情趣。(图1-1、图1-2)

二、线的运用

线有直线和曲线之分，不同的线给人以不同的视觉效果。

直线在日常生活中最为常见，不同类型的直线具有不同的视觉效果。其中，秩序排列的直线具有明显的秩序感，并能有效地统一画面。在人的视觉习惯的作用下，水平线与垂直线分隔画面的作用十分明显，水平线与垂直线相交能划分出不同大小的面。直线具有简单、明了、直率的性格，但如果增加宽度则会倾向于面的特性。粗的线条可以表现力量和厚重感，细的线条可以表现纤细、敏锐和神经质。锯齿状的线给人以焦虑、不安定的感觉，粗糙的线会让人产生受阻的苦涩感。(图1-3)

图1-3　直线元素的运用

曲线相对直线而言更趋向自由、活跃。由于曲线的曲率不同，曲线呈现出的视觉效果也各不相同。弧度越大的曲线张力感越强，弧度越小的曲线越给人以平缓、温和的感觉。曲线具有优雅、流动、柔和的性格，大致可分为几何曲线和自由曲线两大类。几何曲线规律性强，有准确的节奏感；而自由曲线则具有轻快的自由感和变化的节奏感。(图1-4)

图1-4　曲线元素的运用

三、面的运用

面是构成各种可视形态的最基本的形，大致可分为几何形（也称无机形）、有机形、偶然形和不规则形。不同的形所带给人的视觉和心理感受各不相同。

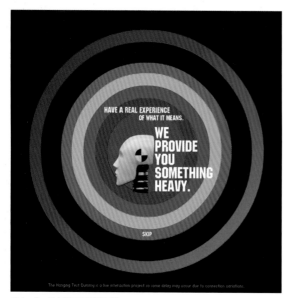

图1-5 几何形元素的运用

图1-6 几何形元素的运用

1. 几何形

通过数学的方法，由直线、曲线或两者相结合形成的形态。几何形通常给人以规则、平稳、理性的感觉，如正方形、三角形、梯形、菱形等。（图1-5、图1-6）

2. 有机形

在自然法则的作用下形成的，不可用数学方法求得的有机体形态。有机形体现的是有机体中存在的一种旺盛的生命力，如自然界中的树叶、瓜果的外形等。（图1-7、图1-8）

3. 偶然形

指自然或人为偶然形成的形态。偶然形是难以预料的形，是无法重复的不定形，如随意泼洒的墨汁或者滴落的水滴等。（图1-9、图1-10）

4. 不规则形

指人为创造的各种自由形态。不规则形具有很强的造型特征和鲜明的个性，给人以随意与亲切感，如徒手书写的签名、描绘的造型等。（图1-11、图1-12）

四、广告画面构成的形式与法则

1. 比例与分割

比例指部分与整体之间或部分与部分之间的数量对比关系，如整个广告画面中

图 1-7　有机形元素的运用

图 1-8　有机形元素的运用

图 1-9　偶然形元素的运用

图 1-10　偶然形元素的运用

图 1-11　不规则形元素的运用

图 1-12　不规则形元素的运用

图1-13 黄金分割比的运用

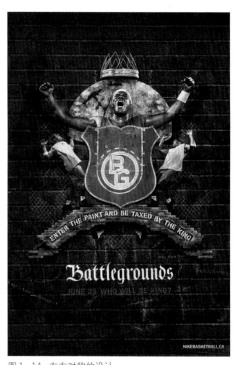

图1-14 左右对称的设计

图1-15 中心对称的设计

的文字与图片面积之比、图片与图片面积之比、文字与文字面积之比等。1:1.618被称为黄金分割比,是世界上公认的一种美的比例关系。它容易引起美感,广泛用于各种艺术作品中。分割即是根据广告内容和主题对画面进行恰当的处理,使画面产生更鲜明的主题、更分明的层次。分割的形式多样,有倍率分割法、自由分割法、十二等分网格法、五十八网格法等。(图1-13)

2.对称与均衡

对称指在广告画面中,以某个点、面或某条线为对称轴,在大小、形状和排列上具有一一对应的关系。对称式设计能产生鲜明的视觉效果,给人以稳定的视觉心理感受,常用于一些严肃、大方、具有平稳感的广告主题。均衡指在心理上达到一种力的平衡状态,但这并不意味着实际重量的均等。均衡式设计所追求的是一种视觉上的平衡,常用于一些活泼、自由,富于变化感的广告主题。(图1-14、图1-15)

3.节奏与韵律

节奏本来是音乐术语，指音乐中交替出现的有规律的强弱、长短变化。而这里的节奏则是指将构成要素按照一定的条理、秩序等进行排列，形成一种律动形式。节奏是使广告画面产生情绪的关键，而韵律则是节奏的进一步深化。将广告画面中的文字、图像或其他构成元素按一定的规律进行处理，不仅能产生优美的节奏感、韵律感，同时还能让人感受到画面的活力和魅力。(图1—16)

4.变化与统一

统一体现了事物的共性和整体联系，可以增强画面的条理及和谐的美感。但只有统一却无变化，会造成单调、呆板、无情趣的效果，所以必须在统一中加以变化，以求生动的美感。变化是指事物的多样性，变化太多则会显得杂乱。变化与统一是相辅相成的。广告画面中的变化能够加大信息的表现力度，强调广告信息的个性特征，造成观众视觉上的跳跃；而广告画面中的统一则能够减少信息的个性特征，强化各元素之间的共性，最终达到画面整体的和谐。(图1—17)

第二节 色彩构成基础

色彩是造型艺术的重要元素之一，而在广告设计中则是指使用恰当的色彩关系及一定的手法来吸引消费者对广告的关注，以增强视觉效果，达到广告的目的。一件广告作品是否能吸引人们的眼球，很大程度上是取决于其在色彩上的选择。

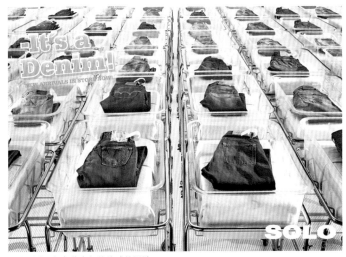

图1—16 富有节奏与韵律感的设计

图1—17 变化而统一的设计

图1-18 类似色的运用

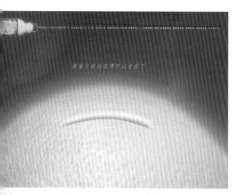

图1-20 无彩色的运用

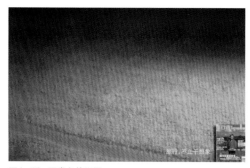

图1-19 同类色的运用

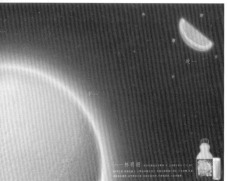

图1-21 纯度强对比的运用

图1-22 纯度弱对比的运用

一、色彩的基本属性

1.色相

即色彩的相貌。如我们将不同的色彩命名为红、绿、黄等。我们把色相较为接近（色相环中相距30°左右）的色称为同类色，这些色相放在一起效果比较单一，适合表现疲惫、平静、单纯、安详主题的广告。色相差别较大（色相环中相距90°—180°）的色称为对比色或互补色，这些色相对比效果强烈，适合表现华丽、活泼、狂躁、兴奋主题的广告。色相差别适中（色相环中相距50°左右）的色称为类似色，这些色相对比效果比较适中，有变化有统一，适合表现明快、和谐并有些神秘感的广告。（图1-18、图1-19）

2.纯度

即色彩的艳丽程度。如在大红色中逐步添加白色或者黑色，这种大红色就会变得不像以前那么艳丽，这是因为色彩的纯度下降了。根据色彩纯度的特征，我们将自然界的色彩分为两大类：一类是带有色彩倾向的有彩色，如红、黄、蓝等；另一类是没有任何色彩倾向的无彩色，如黑、白、灰等。在纯度色谱中，接近纯色的色彩叫高纯度色，接近灰色的色彩叫低纯度色，处于中间位置的色彩叫中纯度色。纯度对比的强度决定于纯度差，不同等级的纯度对比具有不同的特点。纯度弱对比的视觉效果较差，适合表现带有神秘、暧昧、朴素特质的广告；纯度中对比适合表现平静、安详氛围的广告；纯度强对比具有十分鲜明的色彩效果，适合表现响亮、生动、华丽的广告。(图1—20至图1—22)

3. 明度

即色彩的明暗程度。不同的色彩具有不同的明度。在色相环中，黄色最亮，即明度最高，蓝色最暗，即明度最低。不同明度差级的对比具有不同的特点。明度弱对比的视觉效果内敛模糊，适于表现具有沉重感的广告画面；明度中对比的视觉效果明确爽快，适用于一般生活题材的广告画面；明度强对比的视觉效果鲜明清晰，适用于动态感强的广告画面。(图1—23、图1—24)

图1-23 明度强对比的运用

图1-24 明度中对比的运用

图1-25 给人温暖感的广告设计

图1-26 给人寒冷感的广告设计

二、色彩给人的感觉

不同的色彩能够勾起我们对生活的不同联想，从而带给人以不同的心理感受。(图1—25、图1—26)

蓝色：来自天空、大海。它既能给人以心胸开阔、文静大方的感觉，又能使人

图1-27 蓝色在广告设计中的运用

图1-28 绿色在广告设计中的运用

图1-29 黄色在广告设计中的运用

图1-31 橙色在广告设计中的运用

图1-30 白色在广告设计中的运用

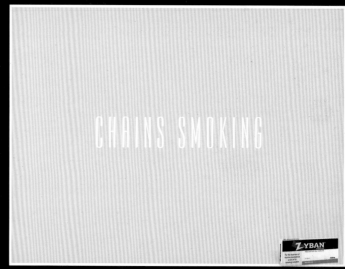

图1-32 粉红在广告设计中的运用

感受到诚实、信任与崇高。（图1—27）

　　绿色：是大自然的颜色。它既能给人一种祥和、博爱的感觉，也能令人充满青春活力。（图1—28）

　　黄色：是一种象征健康的明亮颜色。它饱含着智慧与生命力，能让人显得年轻而富有朝气。（图1—29）

　　白色：是一种纯洁而可爱的色彩。它能让人产生洁净与膨胀感。（图1—30）

　　橙色：活力充沛，是暖色系中的代表色彩。它能够诱发食欲，也能够让人产生成熟与幸福之感。（图1—31）

　　粉红：这种红与白的混合色彩非常明朗而亮丽。它是温柔的最佳诠释，往往意味着"似水柔情"。（图1—32）

　　褐色：最容易搭配，并且可以吸收任何颜色的光线。它是一种安逸、祥和的色彩。（图1—33）

　　灰色：可以算是中间色的代表，也是一种极为随和的色彩。色彩搭配不协调时，通常都可以用灰色来调和。（图1—34）

　　金色：是一种豪华的色彩。它能够散发出华丽、绚烂的光芒，常让人有目不暇接之感。（图1—35）

　　红色：是一种较具刺激性的颜色。它给人以燃烧感和挑逗感，但如果接触过多会让人感觉身心受压，容易产生焦虑和疲劳。（图1—36）

　　紫色：冷峻而神秘，并且充溢着高雅的灵性。（图1—37）

　　黑色：沉着、高贵，并且可隐藏缺陷。它适合与白色、金色搭配，起到强调的作用，并使白色、金色更为耀眼。（图1—38）

图1—33　褐色在广告设计中的运用

图1—34　灰色在广告设计中的运用

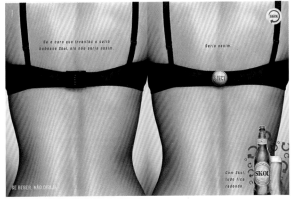

图1—35　金色在广告设计中的运用

图1-36 红色在广告设计中的运用

图1-37 紫色在广告设计中的运用

图1-38 黑色在广告设计中的运用

第三节 文字设计基础

文字设计作为广告设计的一个重要组成部分，是将广告所要表达的信息，以适当的字体造型与独特的版面编排及一定的手法表现出来，从而吸引消费者的关注，提高阅读效果，最终达到广告的目的。

一、不同的字体

1. 中文印刷字体

现在国内广告印刷领域选用的中文字库很多，但以方正字库、方鼎字库、汉仪字库使用最为普遍。常用的中文印刷字体有宋体、仿宋体、楷体、黑体等。

宋体：也称"老宋体"，特点是字形方正，笔画横平竖直，结构严谨，有极强的规律性，阅读时能给人一种舒适醒目的感觉。广告设计中主要用于正文部分，大号字也可作为标题。（图1-39）

仿宋体：特点是字形略长，笔画粗细均匀，容易辨认。仿宋体秀丽整齐、清晰美观、刚劲有力，常用于介绍性文字。

楷体：是一种模仿手写习惯的字体，笔画挺秀均匀，字形端正，偏向女性的秀美。字体笔画动感较强，但气势较散，个性不突出，一般用于单个文字传递信息或是在小标题、副标题中使用，不宜用于广告正文。（图1-40）

黑体：又称方体或等线体，字形粗壮端庄，结构严密醒目，笔画一样粗细，并且横平竖直，撇捺不尖，非常易于阅读。黑体的视觉冲击力强，现

男子汉抛头颅，洒热

一身义胆，满腔热。

图1-39 宋体在广告设
计中的运用

图1-40 楷体在广告设计中的运用

代感强，十分容易与现代平面设计中的图像进行有机结合。黑体常用于大标题、导语中，但一般不用于广告正文，因为大片的黑体字会使版面显得过于沉重，有压抑感。(图1-41)

隶书、魏碑、行书：这几种字体都带有明显的手写体的特征。隶书是汉字中常见的一种庄重的字体，书写效果略微宽扁，横画长而直画短，讲究"蚕头燕尾"、"一波三折"；魏碑用笔任意挥洒，结体因势赋形，不受拘束。这两种字体均显出古拙刚毅的气势，适用于带有古典味的商品广告。行书有飘逸、流动、秀丽之美，适用于女性用品的广告，但应避免大面积使用而给版面带来混乱感。(图1-42)

图1-41 黑体在广告设计中的运用

图1-42 手写体在广告设计中的运用

图1-43 特种体在广告设计中的运用

特种体：指在基本字体上将笔画、结构进行一定的艺术变形，以适应更多用途的字体，如琥珀体、水柱体、舒体等。特种体常用于内容活泼的广告标题，一般不作广告正文字体使用。（图1-43）

2．英文印刷字体

英文与汉字有着明显的差异：汉字基本上是全字容纳在一个整体的方格里，而英文的形状大小各不相同，在字形设计时也不可能排列在同一条直线上。所以，在中英文并用的版面中，必须严格安排，才可达到预期的效果。

罗马体（Roman）：罗马体有新老之分。老罗马体笔画粗细比较接近，字体优美，一般用于古典题材的广告上；新罗马体笔画横细竖粗，对比明显，朴素大方，一般用于现代感强的广告设计。（图1-44）

图1-44 罗马体在广告设计中的运用

图1-45 黑体在广告设计中的运用

黑体（Arial）和埃及体（Egyptiene）：这两种字体都是笔画粗细相同，视觉效果强烈，一般用于广告标题。（图1-45）

哥特体（Gothic）：是古代教会等机构用于抄写的一种艺术字体。哥特体相当华丽，在广告设计上经常被用于标题或说明性文字，具有强化视觉冲击力的作用。（图1-46）

二、文字的设计

文字是人类文化的重要组成部分。无论在何种视觉媒体中，文字和图片都是其两大构成要素。文字排列组合的好坏，直接影响其版面的视觉传达效果。因此，文字设计是增强视觉传达效果、提高作品的诉求力、赋予版面审美价值的一种重要构成技术。

依据文字的意义，将文字笔画或字形作巧妙而生动的变化，构成意象化的物象，能够产生出许多新奇的创意。文字创意开拓了文字设计的新领域，成为当今广告设计中不可缺少的一部分。

图1-46 哥特体在广告设计中的运用

1.文字的个性分类

文字的设计风格大约可以分为下列几种。

秀丽柔美：字体优美清新，线条流畅，给人以华丽柔美之感。这种类型的字体适用于女性化妆品、饰品、日常生活用品类广告。

稳重挺拔：字体造型规整，富于力度，给人以简洁爽朗的现代感，有较强的视觉冲击力。这种类型的字体适合于机械、科技类广告。（图1—47）

活泼有趣：字体造型生动活泼，有鲜明的节奏韵律感；色彩丰富明快，给人以生机盎然的感受。这种类型的字体适用于儿童用品、运动休闲产品、时尚产品类广告。（图1—48）

苍劲古朴：字体朴素无华，饱含古时之风韵，能带给人们一种怀旧感。这种类型的字体适用于传统产品、民间艺术品类广告。（图1—49）

2.文字的可读性

文字的主要功能是在视觉传达中向消费大众传达信息。而要达到此目的，必须考虑文字的整体诉求效果。无论字形多么富于美感，如果失去了文字的可读性，这一设计无疑就是失败的。设计中的文字应避免繁杂零乱，而应使人易认、易懂，切忌为了设计而设计，忘记了文字设计的根本目的是为了更有效地传达作者的意图，表达设计的构想和主题。文字的字形和结构也必须清晰，不能随意变动，如果设计

图1—47 稳重挺拔的字体设计

图1—48 活泼有趣的字体设计

时不遵守这一准则，单纯追求视觉效果，则必定会丧失文字的基本功能。（图1-50）

3．文字的视觉美感

在视觉传达中，作为画面的形象要素之一，文字具有传达感情的功能。因而，它必须具有视觉上的美感，给人以美的感受。满足人们的审美需求和提高人们的审美品位是每一个设计师的责任。在文字设计中，美不是局部的，而是要体现在对笔形、结构以及整个设计的把握上。文字是由横、竖、点和圆弧等组合而成的形态，在结构的安排和线条的搭配上，怎样协调笔画与笔画、字与字之间的关系，强调节奏与韵律，创造出更富表现力和感染力的设计，把内容准确、鲜明地传达给观众，是文字设计的重要课题。优秀的字体设计能让人过目不忘，既有着传递信息的功效，又能达到视觉审美的目的。相反，字形丑陋、组合零乱的文字，使人看后心里感到不愉快，视觉上也难以产生美感。

文字在画面中的安排要考虑到全局的因素，不能有视觉上的冲突。否则在画面上造成主次不分，很容易引起视觉顺序的混乱，有时候甚至1个像素的差距也会改变你整幅作品的感觉。（图1-51至图1-53）

4．文字设计的个性

根据广告主题的要求，极力突出文字设计的个性色彩，创造与众不同、独具特色的字体，给人以别开生面的视觉感受，将有利于企业和产品良好形象的建立。文字设计要避免与已有的一些设计作品的字体相同或相似，更不能有意模仿或抄袭。在设计特定字体时，一定要从字的形态特征与组合编排上进行考虑，不断修改，反复琢磨。这样才能创造富有个性的文字，使其外部形态和设计格调都能唤起人们的审美愉悦。（图1-54、图1-55）

图1-49　苍劲古朴的字体设计

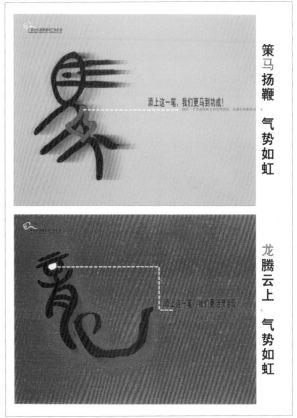

图1-50　使用说明文字辅助识别

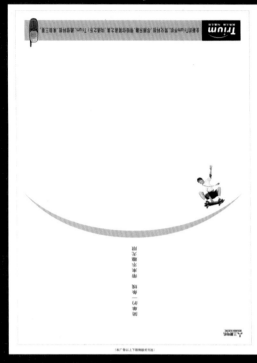

图1-51　具有视觉美感的文字设计

图1-52　具有视觉美感的文字设计

思考与练习

1.确定一个主题，按照不同的形式法则进行设计，完成一组平面广告。

2.以色彩对比为主要表现形式，设计一幅招贴广告。主题不限。

3.以文字作为主要内容，设计一幅招贴广告。主题不限，要求体现出文字设计的个性。

图1-53　具有视觉美感的文字设计

图1-54　富有个性的文字设计

图1-55　富有个性的文字设计

第二章 广告设计的创意

- 教学内容：广告创意的内容、方法与过程，图形创意设计实践。
- 教学目的：明确广告创意在广告设计中的重要作用，初步掌握广告创意的方法、表现形式和技巧，能够进行简单的图形创意设计。

图2-1 以新颖的视角表现产品

图2-2 用夸张的手法展示产品

第一节 广告创意基础

广告是一门说服的艺术。从平面媒体到影视媒体，再到现在流行的网络媒体，我们每天要接受大量的广告信息。无论是主动吸收还是被动接受，对企业来说，能让消费者记住的、起到推广作用的广告才是成功的广告。

能在短时间内吸引消费者的广告作品在创意上一般都有独到之处，创意是决定一件广告作品成功与否的基本要素。那么，创意是什么？广告创意又是什么？简单来说，创意就是具有新颖性和创造性的想法，而广告创意则是通过大胆新奇的手法来制造与众不同的视听效果，最大限度地吸引消费者，从而达到品牌传播与产品营销的目的。

一、创造性思维的基本特征

一般来讲，创造性思维有5个基本特征：新颖性、牵连性、广阔性、跨越性、综合性。

1. 新颖性

所谓思维的新颖性，主要表现为不与人重复，独具匠心，在司空见惯的事物中发掘出新意来。它通常体现在两个方面：一是主题的提炼，二是表现角度和表现手法。（图2-1至图2-3）

图2-3 从独特的角度说明问题

2. 牵连性

所谓牵连性，即通常所说的"由此及彼"、"由表及里"、"举一反三"的互为关联的思维能力。它有三种基本表现形式：纵向牵连、横向牵连和逆向牵连。（图2-4、图2-5）

3. 广阔性

所谓广阔性，即是善于从不同角度进行思维。它包含四种心理机制：发散思维、换元思维、逆向思维和择优思维。（图2-6至图2-9）

4. 跨越性

所谓跨越性，即是在思维的过程中摆脱按部就班、层层推理的思维模式，跨越式前进，或是在思维转换过程中加大转换的跨度。（图2-10、图2-11）

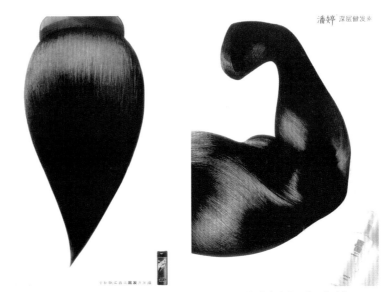

图2-4 用联想的方式表现产品的功能　　图2-5 用联想的方式表现产品的功能

5. 综合性

所谓综合性，即是对诸方面因素进行综合的思维过程。它包含三个层面的思维能力：交叉能力、统摄能力和辩证分析能力。（图2-12、图2-13）

产品的定位策略决定了广告创意的展开。只有经过市场调查、构思定位等方面的准备工作之后，才能更好地开展广告创意的工作。

图2-6 用发散思维方式表明产品特点

图2-7 用择优思维方式表明产品特点

图2-8 用逆向思维方式表明产品特点

图2-9 用换元思维方式表明产品特点

二、广告创意的特点

1.表现方式的独特性

从人类的消费心理来说，只有新颖独特的事物才更能打动人。所以，广告设计更要追求新颖独特的表现方式。普通的广告一般是通过反复出现来加深观众的印象，但同时也可能会引起观众的反感。而创意广告则往往是反其道而行之，通过"冲突感"和"幽默感"等来引起观众的好奇心，通过突出设计的个性，强化商品的独特性，创造鲜明、简洁，别具一格的商品形象，给人以耳目一新的感觉。（图2-14、图2-15）

2.广告主题明确集中

广告主题是商品广告的基本思想，也是广告作品的灵魂。一幅成功的广告作品，其主题必须明确集中，不允许其他概念介入，更不允许偏离主题去追求其他的东西，否则就会造成干扰，影响主题效果。（图2-16至图2-19）

三、广告创意的表现方法

1.直接表现

直接表现是指在广告创意的表现上直接体现主题，用艺术的手法直接展示出商品的独特之处，用强大的视觉冲击力来引起受众的注意，从而唤起消费者的购买欲望。直接表现的内容多为产品的外形、新产品的功能、产品的细节等。（图2-20至图2-22）

2.间接表现

间接表现是指在广告创意表现时，采用一

图2-10 以夸张的方式表达产品的功能

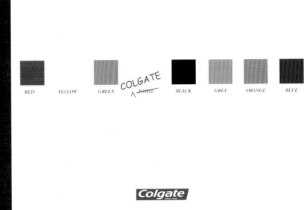

图2-11 以替代的方式突出产品的功能

图2-12 综合产品特点，并用夸张的手法表现

图2-13 综合产品特点，并用夸张的手法表现

图2-14 具有"冲突感"的广告设计

图2-15 具有"幽默感"的广告设计

图 2-16　通过营造气氛烘托广告主题

图 2-17　通过形象展示突出广告主题

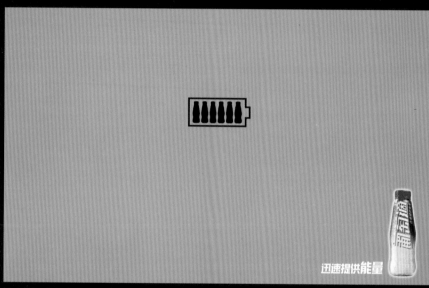

图 2-18　间接表达广告主题

图 2-19　直接表达广告主题

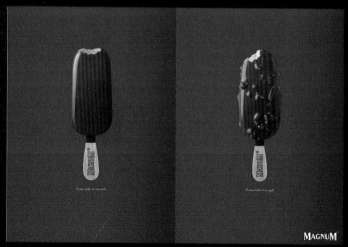

图 2-20　直接表现产品外形

图 2-21　直接表现产品功能

种迂回的手法，通过对比衬托、比喻象征、形象展示等来表达和深化主题，引起受众丰富的联想。间接表现的手法应用广泛，在商品广告、企业形象广告、公益广告等众多领域都可以收到良好的效果。(图2-23至图2-25)

3.情感表现

情感表现是指在广告创意表现中通过各种艺术手段对受众进行感情诱发，使受众与广告产生情感共鸣。情感表现多运用在日常生活用品方面，这类商品具有消费量大、购买频率高等特点，消费者在购买时多受情感的指引。情感表现的常用手法有情感体验、情感依托、情感联想、情感表达等。(图2-26至图2-29)

第二节　广告创意的过程

广告创意是一个极其复杂的思维过程。创意的产生并不是闭门造车、空穴来风般的主观臆想。它建立在周密的市场调查基础上，是将广告

图2-22　直接表现产品细节

图2-23　通过对比衬托进行间接表现

Indian Cancer Society

图2-24　通过比喻象征进行间接表现

The all-terrain Touareg.

图2-25　通过形象展示进行间接表现

图 2-26 情感体验手法的运用

图 2-27 情感联想手法的运用

图 2-28 情感依托手法的运用

图 2-29 情感表达手法的运用

素材、创作资料以及广告创作人员的一般社会知识重新组合后产生的。（图 2-30 至图 2-33）

在广告创意过程中，必须收集创意素材，选择创意资料，并运用创造性的方法进行思考。詹姆斯·韦伯·扬在《产生创意的方法》（A Technique for Producing Ideas）一书中提出了完整的产生创意的方法和过程，他的思想在我国广告界颇为流行。

一般来说，广告创意可分为以下几个阶段。

1.收集资料阶段

主要是了解有关商品、市场、消费者、竞争对手等几方面的信息。信息资料掌握得越多，对构思创意越有益处，越可触发灵感。

　　曾为万宝路香烟策划出牛仔形象的著名广告大师李奥·伯奈特在谈到他的广告创意时说，创意的秘诀就在他的文件夹和资料剪贴簿内。他说："我有一个大夹子，我称之为'Corny Language'（不足称道的语言）。无论何时何地，只要我听到使我感动的只言片语，特别是适合表现一个构思，或者能使此构思活灵活现、增色添香，或者表示任何种类的构想——我就把它收进文件夹内。""我另有一个档案簿，鼓鼓胀胀的一大包，里面都是值得保留的广告，我拥有它已经25年了。我每个星期都查阅杂志，每天早晨看《纽约时报》以及芝加哥的《华尔街时报》。我把吸引我的广告撕下来，因为它们都作了有效的传播，或是在表现的态度上，或者在标题上，或是其他的原因。""大约每年有两次，我会很快地将那个档案翻一遍，并不是有意要在上面抄任何东西，而是想激发出某种能够适用到我们现在做的工作上的东西来。"

图2-30　同一主题的不同创意

图2-31　同一主题的不同创意

图2-32　同一主题的不同创意

图2-33　同一主题的不同创意

　　通过不断的信息收集和积累，广告大师们如同为自己建造了一座创意的"水库"，源源不断的创意便从这里喷涌而出。

　　2.分析资料阶段

　　主要是对获得的资料进行分析，找出商品本身最吸引消费者的地方，发现能够打动消费者的关键点（也就是广告的主要诉求点）。（图2-34至图2-37）

　　商品能够打动消费者的关键点主要有以下几个方面：

　　（1）广告商品与同类商品的共同属性。如产品的设计思想，生产工艺的水平，

图2-34 以服务主题为主的广告

图2-36 以展现产品设计思想为主的广告

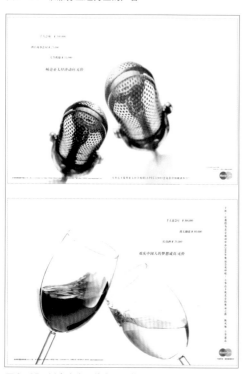

图2-35 以突出商品优点为主的广告

图2-37 以树立企业形象为主的广告

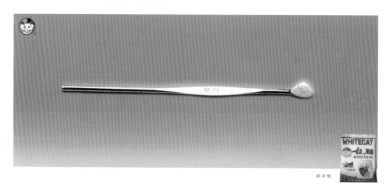

图2-38 与商品特质十分吻合的广告创意

产品自身的适用性、耐久性、造型、使用难易程度等。

（2）与竞争商品相比较，广告商品所具有的优点与特点。

（3）商品正处于生命周期的具体阶段。

（4）广告商品会给消费者带来的种种便利。

（5）消费者最关心、最迫切的需求。抓住这一点，往往就抓住了创意的突破口。

3．酝酿组合阶段

在这一阶段，主要是对已形成的广告概念进行孵化。此时要听其自然，放任自流，将广告概念全部放开，尽量不去想这个问题，而只是把它置于潜意识中，让思维进入"无所为"的状态中。这种状态下，由于各种干扰信号消失，思维较为松弛，也能够更好地进行创造性思考。一旦有合适的信息进入，就会使人顿悟，过去几年积存在大脑中的信息也会得到综合利用。

4．产生创意阶段

通过对头脑中那些零碎的、不完善的、一闪而过的想法再度进行酝酿和推敲，最后形成相对完整的创意。

詹姆斯·韦伯·扬在其《产生创意的方法》中对创意的出现有精彩的描述："创意有着某种神秘特质，就像传奇小说般在南海中会突然出现许多岛屿。""根据古代水手讲，在航海图上所表示的深海的某些点上，会在水面上突然出现可爱的环状珊瑚岛，那里边充满了奇幻的气氛。""我想，许多创意的形成也是这样。它们的出现，好像在脑际白茫茫的一片飘浮中，突然便跳出了一些若有若无的'岛屿'，和水手所见的一样充满了奇幻气氛，并且是一种无法解说的状态。"

5．评价决定阶段

最后一个步骤，即是对已形成的创意进行评价、补充、修改，使之更加完善和有针对性。在这一阶段，要对前面所提出的若干创意逐个进行研究，最后确定其中的一个。在研究过程中，要对每个创意的长处、短处，是新奇还是平庸，是否有采用的可能性等进行评价。要特别注意从以下几个方面加以考虑：一、所提出来的创意与广告目标是否吻合；二、是否符合诉求对象及所选媒体的特点；三、与竞争商品的广告相比是否具有独特性。经过认真的研究探讨后，就可以确定选用哪一个创意了。(图2-38)

第三节 广告创意的方法

一、集体创意的方法

自上世纪60年代美国的创意革命以来，集体和小组作业的创意工作方式逐步形成，一些有关如何催生集体创意的方法也逐步被开发和探索出来。以下是几种在广告界广为应用的集体创意方法。

1. 头脑风暴法（Brain Storming）

这是美国广告公司董事A.F.奥斯本在1939年首创的集体创意的方法。该方法采用确定主题、专题讨论的会议形式来实施。会议要推举1名主持人，1—2名记录人员，主持人要预先将会议的主题通知给与会者。与会人员一般为5—12人，以8人左右最为理想。该方法通过在会议上鼓励参与人员脱离理论、超越常规进行思考，并把思考的结果无拘无束地说出来，进而开发个体潜能，诱发出尽可能多的、富有建设性与创造性的创意雏形。

为了达到目的，头脑风暴法有四条必须遵循的原则。即：一、自由奔放——就是会议必须有自由开放的气氛，要鼓励所有的与会人员说出想到的任何一个创意，哪怕是离经叛道的奇思怪论；二、严禁批判——对于别人说出的任何想法都不能进行批判而只能耐心地倾听，以免因顾忌或害怕别人的批判和轻视而放弃说出自己的想法；三、多多益善——这是为了寻找到更多的创意角度和可能，"从数量中产生质量"；四、改善组合——意思是从别人的创意中得到启发而想出更好的创意，也就是说会议要鼓励与会者思考别人的创意，进而在别人创意的基础上发展和提炼出新的创意。（图2-39）

2. 戈登法

戈登法又称教学式头脑风暴法或隐含法，由美国麻省理工大学教授威兼·戈登于1964年始创。这是一种由会议主持人指导并进行集体创意的技术创新方法。其

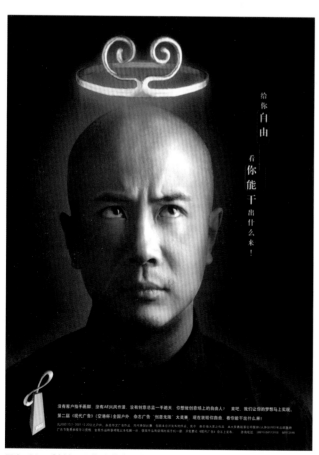

图2-39 "创意无限"大奖赛广告

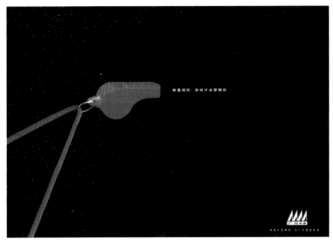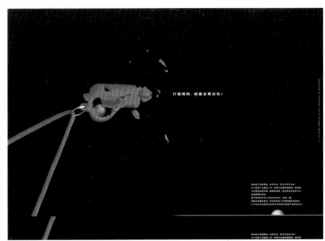

图2-40 关于"创意"的宣传广告

特点是不让与会者直接讨论问题本身，而只讨论问题的某一局部或某一侧面，或者讨论与问题相似的另一问题，或者用"抽象的阶梯"把问题抽象化后向与会者提出。主持人对提出的构想加以分析研究，一步步地将与会者引导到问题本身上来。

戈登法最大的特点是只有会议主持人一人预先知道所要解决的问题，因此，参加会议的人在提出想法的时候就几乎不会被现实的问题所束缚，从而能够更加自由地提出各种各样的想法。当然，这也可能会使会议严重偏题。这时候，主持人就要发挥作用，使讨论在有重点、有制约的范围内进行，并在会议结束之前的适当时候将问题和盘托出，引导大家在群体智慧的基础上再度进行创造性思考。戈登法归纳起来就是：一、确定问题——对问题的本质要有清楚的认识，并能够进行有效的归纳；二、"关键词"——就关键词进行不加约束、不设边框的讨论，并把从讨论中获得的创意雏形与问题结合起来，从中获得启示以解决问题。（图2-40）

二、个体创意的方法

前面介绍了依赖于集体的创意方法，但事实上，创意最终还是要依赖个体的思考。如果没有集体里每一个独立个体的创造性思考，那集体讨论也就不会产生什么创造性的成果。而且，在广告创意的实践中，对有些非常富有创造力和创新精神的人来说，不借助集体的力量也能想出一些优秀的创意，广告史上就不乏这样的创意大师。因此，讨论一下适合开启个体创意的方法也是非常有必要的。

1．启发构思法

启发构思是由周围环境中的事物、现象的引发而产生灵感、创意的过程。在这一方法中，个人的经历、所见所闻等对于产生新的主意、点子十分重要。(图2-41)

2．金字塔法

这种方法的特点是思考时思路不断从一个大的范围逐渐缩小，而每次缩小时都是通过一定的目的加以限制，删除多余的部分。金字塔法实际上就是一个由发散思维到聚合思维的演变过程。

3．辐射构思法

一场广告运动通常包括一系列的广告，而一系列的广告又围绕着同一主题。辐射构思法往往就是以广告运动的主题为基点，任凭创作者的思维、想象驰骋。在产生出若干创意之后，创作者再从中选择出一个适合广告主题、有创造性、有诉求力的创意。辐射构思法的优点是对思考过程的限制较少，有利于产生一些新奇、独特的创意。使用该方法进行广告创意时要特别注意：不要轻易地否定自己所想到的点子，不管这点子是荒唐离奇的，还是俗气可笑的。而且，点子一旦在头脑中闪现，就要立即把它记录下来，以免遗忘。(图2-42)

图2-41 运用了启发构思法的广告创意

4．笔记法

该方法鼓励创意人员养成勤做笔记的习惯，随身带着纸和笔，把在生活中、工作中听到的、看到的、想到的所有有价值的东西记录下来。尤其是当头脑中不经意间爆发出思想的火花时，一定要记录下来，以防他日需要时候却想不起来。这其实是鼓励创意人员多注意素材、知识、经验的积累。这些记录下来的互不相干的内容，都有可能在某个特定时候成为引发创意的线索。比如台湾的著名广告人杨梨鹤有一次在和儿子散步时听到儿子说了一句"妈妈，月亮停电了"，当时大为震惊，后来这句话被她原封不动地用到了一个环保广告上。

第四节　图形创意设计

图形创意是广告设计作品的表现形式，是设计作品中敏感而备受瞩目的视觉中心。优秀的广告作品都是以自己独特的图形语言准确而清晰地表达设计的主题，以最简洁有效的元素来表达主题的深刻内涵。由此可以看出：图形创意其实是广告设计的灵魂。

图2-42　运用了辐射构思法的广告创意

图形作为构成广告版面的主要视觉元素，与广告效果有着密切的关系。广告图形必须具有强烈感染力，才能吸引人们的注意，得到预期的广告效果。广告作为视觉信息传递的媒介，是文字语言和视觉形象的有机结合物。在广告设计中，图形创意的作用主要表现在以下几个方面：一、准确传达广告的主题，使人们更易于接受和理解广告的"看读效果"；二、有效利用图形的"视觉效果"吸引人们的注意；三、将人们的注意力从图形引向文字，达到广告的目的。（图2-43）

图2-43 视觉效果强烈的广告画面

一、图形创意的处理手法

图形创意最终是要为广告画面服务的，但采用什么样的处理手法来进行图形创意则能够决定广告画面的整体风格。

1．完整与完形

完整与完形指的是将广告信息的各个部分独立地、没有遮挡地、完整地表现出来，追求一目了然的完美感觉。（图2-44）

2．重叠与分解

重叠是指广告元素在相互遮挡中显示出前后的位置关系，产生空间层次感，并相互牵制，产生凝聚、强化的作用；分解是指在设计中将一个较大的形分裂、破损为若干较小的形，以造成一种奇异的画面效果。（图2-45、图2-46）

3．移动组合

移动组合是指对物体的一系列变化进行叠加与组合。它能够显示出物体在运行中的不同位置，实际上是通过时间加空间的四维手法来呈现物体内在的变化特征。（图2-47）

二、图形创意的电脑辅助设计手法

当今社会，电脑辅助设计已经被全面应用到广告设计领域，它已经取代了以往需要大量手工操作才能完成的繁重劳动。电脑绘图软件、图像处理软件等层出不穷，常用的有Photoshop、CorelDraw、Illustrator、FreeHand、AutoCAD、3DMAX等。软件虽多，但大部分软件在处理手法上相似，基本可分为以下几个方向。

图2-44 一目了然的广告画面

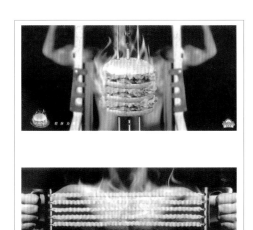

图2-45 采用了重叠手法的广告画面

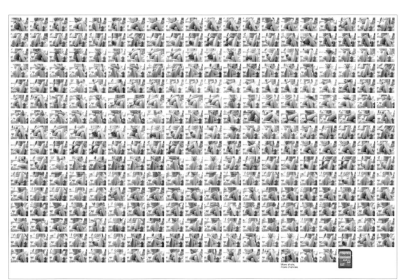

图2-46 采用了分解手法的广告画面

图2-47 采用了移动组合手法的广告画面

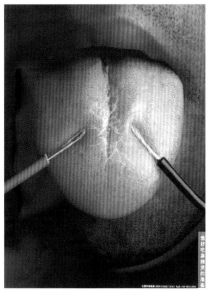

图2-48 经过电脑处理的广告画面

图2-49 经过电脑处理的广告画面

1．图像处理

电脑可以方便快捷地调用不同格式的图像，既能够进行无限的复制与拼贴，也能够对其中某个局部元素进行调用。(图2-48、图2-49)

2．描绘与修改

电脑不仅可以对素材进行复制与拼贴，同时也可以对素材进行描绘与修改，甚至还可以利用二维、三维坐标空间精确生成各种形体。

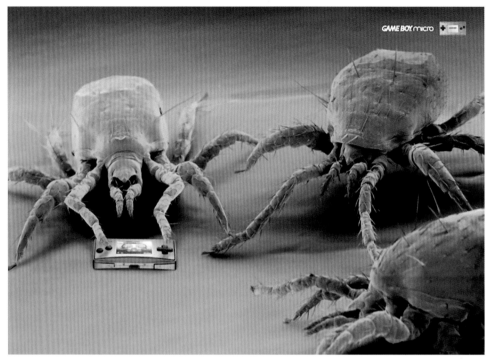

图2-50 经过特效处理的广告画面

3. 文本处理

在电脑中安装了字体文件后，就可以在相应的软件中随意调用。此外，也可以对文本的属性（如大小、颜色、外形、位置等）进行修改。

4. 特效处理

电脑软件支持各种特殊效果。设计师可利用相应的滤镜对图像进行修饰，如制作立体效果、材质效果、动画效果等。（图2-50）

思考与练习

1. 创造性思维活动有哪些基本特征？

2. 为什么广告创意的产生不能是闭门造车、空穴来风般的主观臆想？

3. 广告创意的方法有哪些？我们如何才能让自己的创意源源不断？

4. 选择一个广告主题，尝试从不同的角度进行创意表现。

第三章　版面编排设计

■ 教学内容：版面编排设计的构成要素、基本形式以及原则。
■ 教学目的：掌握图片与文字编排设计的基本形式及其各自的特点，能够灵活运
　　　　　　用版面编排设计的原则进行广告版面的编排设计。

第一节　版面编排设计的要素

　　广告版面的构成要素，是指构成广告画面的各种素材，这些素材在画面上的作
用各不相同。广告版面的构成要素大致可分为图形要素和文字要素两大类。

一、版面中的图形要素

　　广告版面中的图形要素，主要包括商标和插图两大类。商标是商品形象的直接
传达，也是商品注册的依据，是商品一诞生就有的；插图是广告设计最重要的图形
要素，对于加速广告信息的传播起着非常重要的作用。广告插图不能单纯注重画面
的艺术美，更重要的是要树立商品形象，传达商品信息，讲究广告效应，促进商品
销售。(图 3－1、图 3－2)

　　广告插图主要有三种形式：广告绘画、广告摄影、电脑处理图像。

图 3－1　商标与插图同为广告主题服务

图 3－2　用插图来表现广告产品

图 3-3 用具象插图来展示产品

图 3-4 用具象插图来表达使用产品的感受

图 3-5 用具象插图来表达使用产品的感受

1．广告绘画

具象插图：具象插图是用具体写实的形象来表现广告内容的插图。它具有真实感，既能够如实地表现产品及使用产品的感受，也能够使读者充分理解广告主题，并引起感情上的共鸣。（图 3-3 至图 3-6）

抽象插图：抽象插图是用抽象化的视觉语言来表现广告内容的插图。简洁概括的抽象图形，再配以鲜明的色彩，能够产生强烈的视觉效果。（图 3-7、图 3-8）

图 3-6 用具象插图来表达使用产品的感受

第三章　版面编排设计

- ■ 教学内容：版面编排设计的构成要素、基本形式以及原则。
- ■ 教学目的：掌握图片与文字编排设计的基本形式及其各自的特点，能够灵活运
用版面编排设计的原则进行广告版面的编排设计。

第一节　版面编排设计的要素

　　广告版面的构成要素，是指构成广告画面的各种素材，这些素材在画面上的作用各不相同。广告版面的构成要素大致可分为图形要素和文字要素两大类。

一、版面中的图形要素

　　广告版面中的图形要素，主要包括商标和插图两大类。商标是商品形象的直接传达，也是商品注册的依据，是商品一诞生就有的；插图是广告设计最重要的图形要素，对于加速广告信息的传播起着非常重要的作用。广告插图不能单纯注重画面的艺术美，更重要的是要树立商品形象，传达商品信息，讲究广告效应，促进商品销售。(图3-1、图3-2)

　　广告插图主要有三种形式：广告绘画、广告摄影、电脑处理图像。

图3-1　商标与插图同为广告主题服务

图3-2　用插图来表现广告产品

图3-3　用具象插图来展示产品

图3-4　用具象插图来表达使用产品的感受

图3-5　用具象插图来表达使用产品的感受

1．广告绘画

具象插图：具象插图是用具体写实的形象来表现广告内容的插图。它具有真实感，既能够如实地表现产品及使用产品的感受，也能够使读者充分理解广告主题，并引起感情上的共鸣。（图3-3至图3-6）

抽象插图：抽象插图是用抽象化的视觉语言来表现广告内容的插图。简洁概括的抽象图形，再配以鲜明的色彩，能够产生强烈的视觉效果。（图3-7、图3-8）

图3-6　用具象插图来表达使用产品的感受

卡通插图：通过轻松、幽默或拟人化的手法把形象作卡通式的有趣夸张，形成插图。这种幽默、滑稽的表现形式能增加亲切感，使读者产生阅读的兴趣。（图3－9、图3－10）

2．广告摄影

广告摄影是指采用摄影的形式对广告内容进行视觉化的表现，其主要表现形式有传统摄影和数码摄影两种。（图3－11至图3－16）

传统摄影：利用胶片来记录视觉信息。运用不同的摄影与暗房技术所取得的意外效果能够让消费者充分感受到产品真实的魅力。

数码摄影：以数字信号的形式来记录视觉信息。除了传统摄影的功能外，数码摄影还

 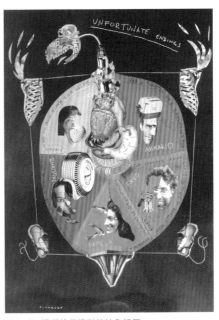

图3－7　视觉效果强烈的抽象插图　　　图3－8　视觉效果强烈的抽象插图

具备无需胶片、即时浏览等特点，它强大的后期处理功能能够更好地满足广告设计的需求。

3．电脑处理图像

并不是所有的图像都可以通过绘画和摄影的手法得到，电子技术的发展则弥补了这一方面的不足。数字化影像合成技术可以将所有的广告元素输入电脑进行处

图3－9　具有幽默效果的卡通插图　　　图3－10　采用了拟人手法的卡通插图

图 3-11 广告摄影的运用

图 3-12 广告摄影的运用

图 3-13 广告摄影的运用

图 3-14 表现产品细节的广告摄影

图 3-15 展示产品风格的广告摄影

图 3-16 突出产品形象的广告摄影

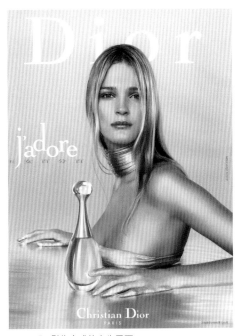

图 3-17　影像合成的广告画面

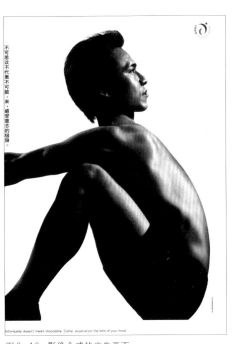

图 3-18　影像合成的广告画面

图 3-19　影像合成的广告画面

理，进而获得出人意料的效果，达到广告诉求的目标。(图 3-17 至图 3-20)

二、版面中的文字要素

　　广告版面中的文字要素又称广告文稿或广告文案。它是广告内容的文字化表现，主要包括广告标题、广告正文、广告口号等。

　　1. 广告标题

　　广告标题是广告的题目，它的作用主要是标明广告主题，引导广告正文，引起人们对广告的兴趣。受众通常是在对广告标题产生了兴趣之后，才会去阅读广告正文。广告标题的常见类型包括诉求性标题、解说性标题、疑惑性标题、标语性标题等。广告标题要简明扼要、易懂易记、新颖独特，文字数量一般在 12 个字以内。(图 3-21 至图 3-23)

图 3-20　影像合成的广告画面

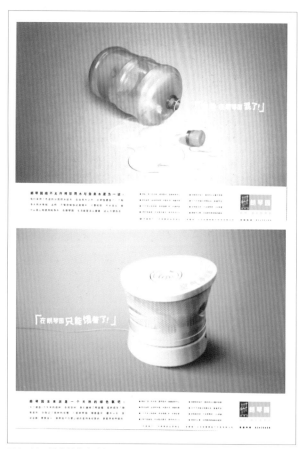

图 3-21　诉求性的广告标题

图 3-22　解说性的广告标题

图 3-23　标语性的广告标题

2．广告正文

广告正文是广告文案的中心，其内容是对产品或者服务进行说明，激发消费者的购买欲望。广告正文的撰写要实事求是，通俗易懂。

广告正文有两种常见类型：一种是一段式，即用一段文字论证广告产品；另一种是多段式，包括引言、中心段落、结尾等。但不论采用何种类型，广告正文都要抓住主要的信息来叙述，言简意明。（图 3-24、图 3-25）

3．广告口号

广告口号是广告者从长远利益出发，在一定时期内反复使用的特定宣传语。口号是战略性的语言，目的是要和其他企业相区分，使消费者掌握广告商品或服务的个性。广告口号现在已成为推广商品不可或缺的要素，其形式主要有联想式、比喻式、许诺式、推理式、赞扬式、命令式等。广告口号的撰写要简洁明了、独创有趣、便于记忆。如麦氏咖啡的"滴滴香浓，意犹未尽"等。（图 3-26 至图 3-28）

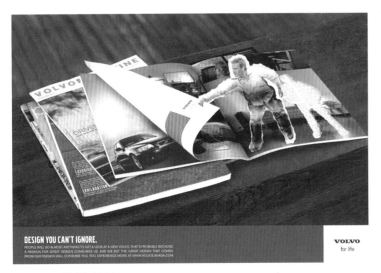

图 3-24 一段式广告正文

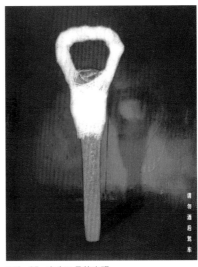

图 3-27 广告口号的表现

图 3-25 多段式广告正文

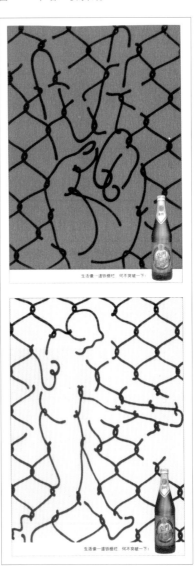

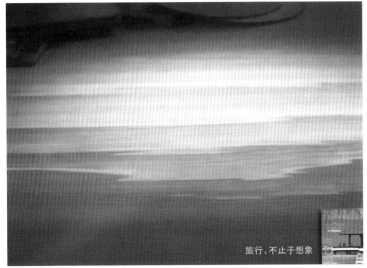

图 3-26 广告口号的表现

3-28 广告口号的表现

图3-29 居中型的版面编排

图3-30 上下分割型的版面编排

图3-31 上下分割型的版面编排

图3-32 斜置型的版面编排

第二节 版面编排设计的形式

广告版面的编排实际上就是构图，指广告中的各个元素在画面中的配置。不同的构图规定着广告版面的不同结构形态，具有着不同的情感。

一、图片的编排设计

广告版面的图片编排主要有以下几种形式。

居中型：将产品图片或须要重点突出的景物配置在画面的中心，通常会起到强调的作用。如果是由中心向四周放射，也能够产生统一的效果，并形成主次之分。居中型的编排设计具有强化视觉冲击力、突出主题的作用。（图3-29）

上下分割型：将版面横向分成上下两个部分，一部分配置图片，另一部分配置文案。当画面主题偏上时有强烈的飘浮感，当画面主题偏下时有强烈的稳重感。（图3-30、图3-31）

斜置型：将图片倾斜放置或将画面斜向分割。因为斜线可以产生动感，所以对汽车等以速度见长的商品或一些较为呆板冷漠的商品进行倾斜配置，效果会更生动。倾斜角一般保持在30度左右最合适，能显得轻松、活泼。（图3-32）

偏置型：将广告元素偏置画面的某一边，以造成新奇感。（图3-33）

重复型：对内容相同或有着内在联系的图片进行重复处理，会使人产生冷静的畅快感与调和感。重复还具有强调的作用，能够使主体变得更加突出。（图3-34）

渐变型：将图片由大渐小、由外向内有规律地渐变配置，在画面上形成一定的动感。这种编排能够使多幅图片形成有机的整体，并且主次明确，中心突出。运用这种方式构成画面，会使人的视线由外向内弯曲旋动，最终落到中心点，而这一点也正是广告核心内容的放置点。（图3-35）

三角型：正三角形编排最富有稳定感，逆三角形编排最富有动感。所以选择正

图 3-33 偏置型的版面编排

图 3-34 重复型的版面编排

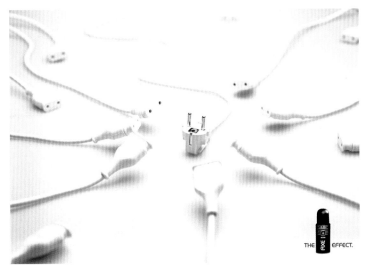

图 3-35 渐变型的版面编排

图 3-36 三角型的版面编排

三角形编排时应注意避免呆板，选择逆三角形编排时应注意保持平衡。而选择任意的三角形则没有以上的弊病，通常是既有很强的动感，又不失平稳。(图3-36)

无论运用哪种编排方式，都应注重广告构成要素的选择和编排的艺术性，否则会造成杂乱的感觉。

二、文字的编排设计

由于采用了先进的计算机排版系统，汉字字体的变化趋于多样化，除较常用的

黑体、宋体外，还有准圆、琥珀、行草等。虽然可供选择的字体很多，但在同一版面上使用几种字体尚须精心设计和考虑。一般来讲，同一版面上使用的字体种类越少，越容易设计，但也越容易流于一般。字体种类少，如果运用得恰到好处，往往会形成高雅的格调；字体种类多，会给人热闹、快乐、活泼的印象。（图3-37）

图3-37 文字的编排设计

图3-38 文字位于画面上方有轻松感

　　文字放置于广告画面的最顶部，容易产生上升、轻快的视觉效果，同时也具有愉悦、适意的象征意义；文字放置在画面的正中心，能够获得安定、平稳、强烈的视觉效果；文字放置在画面的最下端，会形成下降、不稳定与沉重的视觉效果，有时也有哀伤、消沉的象征意义；文字放置在画面的左端或右端，往往给人以极不平衡的感觉，但这种不平衡感对于文字的突出也极其有效。（图3-38至图3-40）

　　广告版面的文字编排主要有以下几种形式。

　　左置的排列：每行文字的左边对齐，右边不齐。起始部位整齐排列，便于读者阅读，是常用的排列方法。（图3-41）

　　右置的排列：每行文字的右边对齐，左边不齐。这种排法适合于在文字行数较

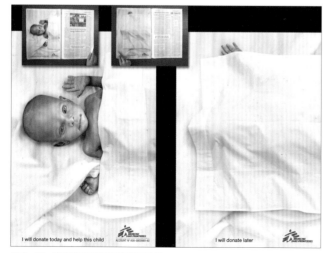

图3-39 文字位于画面下方有沉重感

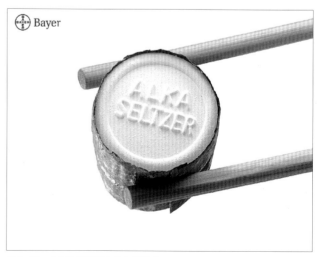

图3-40 文字位于画面中心有平稳感

少时使用，否则将不便于阅读，影响广告效果。(图3-42)

中置的排列：将轴线中置，每行文字都以轴线为中心，左右相等，形成绝对对称的文字排列。(图3-43)

双轴线左右置排列：两组文字分别采用左置与右置的排列方式，左右两侧齐头，中间形成穿插。

双轴线中置的排列：两组文字分别采用左置与右置的排列方式，齐头两侧居中相邻，形成两条轴线的中置。

图3-41　文字左置的排列

双轴线左置或右置：两组文字都采用左置或右置的排列方式。此法必须使两组文字穿插排列，如加上大小变化则更为理想。

传统书写形式排列：这也是一种双轴线排列，文字的左右两侧齐头。通常每段文字的开头都要空两格，然后顺次排列。

在进行文字的编排时，为了提示每行文字的不同，可以在每行文字开头的轴线上加上小圆点、五角星等小图形，以示区别或点缀。(图3-44、图3-45)

图3-42　文字右置的排列

图3-43　文字中置的排列

图 3-44 文字的混合编排

图 3-45 文字的混合编排

第三节 版面编排设计的原则

独特的版面编排设计能够有效吸引消费者对广告的关注，提高阅读效率，进而达到广告的目的。版面编排设计一般应遵循以下原则。

一、思想性与单一性

版面编排本身并不是目的，设计是为了更好地传播广告中的信息。进行版面编排首先必须明确客户的目的，并深入了解与设计有关的方方面面。版面编排设计固然离不开广告的内容，但更重要的是要体现出广告的主题思想。只有主题鲜明突出、一目了然，才能达到广告的目的。这也正是版面编排设计思想性的最佳体现。（图 3-46）

编排设计只能在有限的篇幅内与读者接触，这就要求版面表现必须单纯、简洁。当然，单纯、简洁并不意味着单调、简单，而是指信息的浓缩处理、内容的精炼表达，这些都须要建立于新颖独特的艺术构思之上。因此，版面的单一性既包括了诉求内容的规划与提炼，同时又涉及了版面形式的构成技巧。（图 3-47）

图3-46 广告版面的编排设计 　　　　　图3-47 广告版面的编排设计

二、艺术性与装饰性

　　为了使编排设计更好地为版面内容服务，寻求合乎情理的版面视觉语言则显得
非常重要。构思立意是编排设计的第一步，而版面布局和表现形式等则是编排设计
的核心，这是一个艰辛的创作过程。而创作的结果是否意新、形美，变化而又统

一，并具有审美情趣，则要取决于设
计者的文化涵养。所以说，编排设计
是对设计者思想境界、艺术修养、知
识技能的全面检验。（图3-48）

　　编排设计中的装饰是由文字、图
形、色彩等通过点、线、面的组合与
排列构成的。不同类型的版面具有不
同的装饰形式，它们不仅具有突出版
面信息的作用，同时还能使读者从中
获得美的享受。（图3-49）

图3-48 广告版面的编排设计

图3-49　广告版面的编排设计

三、趣味性与独创性

　　编排设计中的趣味性主要是指形式美的情境。这是一种活泼的版面视觉语言。即使广告内容本身并无多少精彩可言，我们也可以调动艺术的手段在编排设计方面制造趣味。充满了趣味的版面能够使广告信息的传播如虎添翼。编排设计的趣味性可借助于寓言、幽默和抒情等方式来获得。（图3-50）

图3-50　广告版面的编排设计

图3-51　广告版面的编排设计

独创性实质上强调的是要突出版面构成的个性特征。鲜明的个性代表的通常是设计创意的灵魂。在编排设计中，要敢于思考，敢于别出心裁，敢于独树一帜。多一点个性而少一点共性，多一点独创性而少一点一般性，往往更能够赢得消费者的青睐。(图3-51)

图3-52　广告版面的编排设计　　　　图3-53　广告版面的编排设计

四、整体性与协调性

版面构成是传播信息的桥梁，所以其形式也必须符合设计的主题，这是版面构成的根基。只讲表现形式而忽略内容，或只求内容而缺乏合适的表现形式，都是不可取的。只有把形式与内容合理地统一，强化整体布局，才能取得版面构成中独特的社会和艺术价值，才能解决版面构成"说什么"、"对谁说"和"怎么说"的问题。(图3-52)

强调版面的协调性原则，也就是强化版面各种编排要素在版面中的结构以及色彩上的关联性。通过文、图之间的协调性编排，版面能够获得秩序美、条理美，从而产生更好的视觉效果。(图3-53)

思考与练习

1.广告版面的构成要素有哪些？

2.广告版面中的文字要素有哪些？各有什么特点？

3.设定两个不同的广告主题，分别用图形要素和文字要素来进行表现。

4.设定一个广告主题，按照广告版面编排设计的原则，将画面要素编排为八种不同形式，并画出创意草图。

第四章　广告设计的媒体运用

- ■ 教学内容：报纸、杂志、电视、网络等不同媒体广告的特点。
- ■ 教学目的：学会根据产品的特点、市场的需求等来灵活选择广告媒体，并能够根据不同媒体的特点来进行相应的广告设计。

　　广告媒体就是能够被用来向消费者传递广告信息的媒体。通常情况下，人们将报纸称为第一媒体，将刊物称为第二媒体，将广播、电视称为第三媒体，将网络称为第四媒体，将移动网络的无线增值服务称为第五媒体。（图4－1至图4－7）

图4－1　电视广告

图 4-2 报纸广告

图 4-3 招牌广告

图 4-4 包装广告

图 4-5 户外广告

图 4-6 展览会现场广告

图 4-7 橱窗广告

第一节　报纸广告

报纸广告通常画面较小，在设计中要注意文字的精炼。报纸广告的宣传应尽量围绕一个中心，这样容易造成比较强的视觉冲击力。除此而外，报纸的纸张质量通常不高，因而在印刷时须要特别注意。对于层次丰富细腻的黑白照片，可通过复印机多次复印，以减少中间的灰色层次；对于彩色印刷，为了让色彩在灰色纸上达到较佳的效果，一般应提高色彩的纯度。

报纸广告一般具有以下特点。

1．广泛性：报纸种类繁多、发行面广。上面既可刊登生产资料类的广告，也可刊登生活资料类的广告；既可刊登医药保健类的广告，也可以刊登文化艺术类的广告……内容丰富并且形式多样。（图4-8）

2．快速性：报纸印刷和销售的速度都非常快，第一天的设计稿第二天就能见报，并且受其他因素的影响较小，所以特别适合于时效性强的广告，诸如展销、展览、劳务、航运、通知等。

3．连续性：报纸一般具有短而稳定的发行周期，连续性较强。利用这一点，报纸广告可以通过不断的重复或者渐变来加深读者的印象。（图4-9）

图4-8　报纸广告

图4-9　报纸广告

图4-10 杂志广告

第二节　杂志广告

　　杂志可分为专业性杂志、行业性杂志、消费者杂志等。由于杂志的读者对象都比较明确，因而杂志成为了各类专业商品广告的良好媒介。

　　杂志广告一般具有以下特点。

　　1. 保存周期长：除了图书以外，杂志的保存周期通常要比其他印刷品长。杂志中的长篇文章多，读者不仅阅读仔细，而且往往是分多次阅读。这样，广告与读者的接触也就多了起来。保存周期长有利于杂志广告长时间地发挥作用。

　　2. 针对性强：杂志种类繁多，涉及政治、军事、娱乐、文化、经济、生活、教育等各个方面。每种杂志都有其相对稳定的读者对象，这也正是杂志广告所要面对的目标人群。根据目标人群的不同选择相应的杂志来刊登广告，既体现了杂志广告的针对性，同时也更容易获得令人满意的广告效果。

　　3. 印刷精美：报纸的纸质比较粗糙，杂志的纸质相对来说要细腻得多。出现在封二、封三以及封底的杂志广告通常采用四色印刷，效果更为精美。（图4-10、图4-11）

第三节　户外广告

　　现代的户外广告除了传统的广告牌以外，还有汽车车身广告、候车亭广告、地铁站广告、电梯广告、高立柱广告、三面翻广告、墙体广告、楼顶广告、霓虹灯广告等不同的形式。（图4-12至图4-17）

　　户外广告一般具有以下特点。

　　1. 户外广告的选择性强：户外广告既可以根据需要选择合适的时间与地点进行投放，也可以根据需要选择不同的表现形式进行呈现。此外，户外广告甚至还可以根据目标人群的心理特

图4-11　杂志广告

图 4-12　楼顶广告

图 4-13　灯箱广告

图 4-14　橱窗广告

图 4-15　三面翻广告

图 4-16　公交车站广告

图 4-17　车身广告

点、风俗习惯等来进行广告宣传。

2．户外广告容易让人接受：消费者在散步、逛街或者在进行游览等户外活动时，经常会产生心理上的空白。这时候，一些设计精美的广告图片、光芒四射的霓虹灯等往往会引起他们的注意，并给他们留下非常深刻的印象。

3．户外广告表现形式丰富：除了传统的广告形式以外，高空气球广告、灯箱广告等新型的户外广告迅速发展，并且形成了自己的特色。这些户外广告与其周边的景物浑然一体，有效地美化了我们的城市环境。

4．户外广告的内容单纯：为了能够获得醒目的广告效果，每则户外广告通常都是以独立的形式出现，这样能避免竞争广告或其他内容的干扰。

第四节　电视广告

现在，电视已经成为人们生活中的重要组成部分，它在丰富人们生活的同时，也为广告信息的传播提供了一条有效的途径。电视广告兼有报纸、广播和电影的视听特色，是现代生活中最引人注目的广告形式之一。（图4-18、图4-19）

电视广告一般具有以下特点。

1．视听兼备、直观性强：电视广告最大的优点就是集视、听为一体，形象直观而生动。这样容易使观众产生真实、信服的感受。

2．在瞬间传达，更具有强制性：电视广告的长度虽然没有硬性标准，但行业内一般是以5秒、10秒、15秒、20秒、30秒、45秒、60秒、90秒、120秒为基本单位，其中最常见的是15秒和30秒广告。这样，电视广告就只能在非常短的时间内完成信息的传递。此外，电视观众并不知道电视广告何时出现，更不能像报纸、杂志广告那样随意观看，因而大多数情况下都只能是被动地接受。这也需要电视广告充分调动声音、画面、情节、气氛等各种因素，在短时间内给观众留下深刻的印象。

3．制作复杂，费用高：电视广告的制作通常比一般的电视节目复杂得多，除了拍摄、剪辑、合成等要花费大量的金钱以外，播出费用也非常高。例如：红牛维他命有限公司花费1.589亿元夺得《今日之星》独家冠名，纳爱斯更是以3.05亿元的天价才拿下2009年央视全年电视剧特约剧场的广告标段。

图4-18 电视广告   图4-19 电视广告

第五节   网络广告

随着网络科技的发展，各类网络广告已经成为传统广告媒
介以外备受广告主推崇的广告形式之一。（图4—20至图4—22）

与传统广告相比，网络广告有以下特点。

1．传播范围更广：传统媒体一般会受到时间、地域的限
制，而相比之下，网络广告的传播范围则要广泛得多。只要具
备了上网条件，任何人在任何地点都可以随时浏览到网络上的
广告信息。

2．网络广告可直达产品核心消费群：传统媒体的受众分
散，目标不明确，而网络广告则可以针对产品的核心消费群进
行发布。

3．具有强烈的互动性：传统媒体的受众是被动地接受广
告信息，而网络广告的受众则是广告的主人。他们可以选择自
己感兴趣的广告内容，而厂商也可以随时获得用户的反馈信
息，以提高广告效率。

4．富有创意，直观性强：传统媒体的表现形式往往是单
一的，而网络广告则能够以多媒体、超文本格式等为载体，通
过图、文、声、像等来传播信息，使受众能身临其境地感受商
品或服务。

5．更加节约成本：传统媒体的广告费用高昂，且发布后
很难更改，即便更改也要付很大的代价。网络媒体不但收费远
远低于传统媒体，而且可根据需要来调整或变更内容，从而使
广告成本大大降低。

6．发展迅猛：中国的网络用户增长速度惊人。据有关部
门统计，截至2008年6月底，中国的网民数量达到2.53亿人，
已经超过美国而跃居世界第一位。

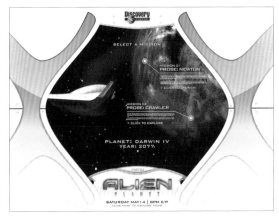

图4-20 网络广告

图4-21 网络广告

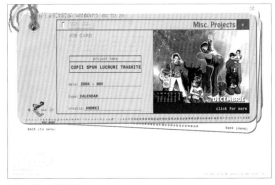

图4-22 网络广告

图 4-23 POP 广告

图 4-24 POP 广告

图 4-25 POP 广告

第六节 POP 广告

POP 广告即是店面促销广告，起源于美国的超级市场和自助商店，现在为销售场所内外一切广告物的统称。POP 广告常见的形式有店名招牌、橱窗广告、店内商品展示、店内吊挂广告等，常用的材料有厚纸板、金属、塑料、木材、布类、玻璃、泡沫塑料等。（图 4-23 至图 4-25）

POP 广告一般具有以下特点。

1. POP 广告的时效性及周期性很强：按照不同的使用周期，通常把 POP 广告分为三大类型，即长期 POP 广告、中期 POP 广告和短期 POP 广告。

2. 陈列的位置和方式不同，将对 POP 广告的设计产生很大的影响：根据不同的陈列位置和方式，通常把 POP 广告分为柜台展示 POP、壁面 POP、天花板 POP、柜台 POP 和地面立式 POP 五个种类。

第七节 DM 广告

DM 广告即是"直接邮寄广告"，是通过邮寄、赠送等形式，将宣传品送到消费者手中、家里或公司所在地。DM 广告有广义和狭义之分：广义的DM 广告包括广告单页，如商场超市散布的传单，肯德基、麦当劳的优惠券等；狭义的仅指装订成册的广告宣传品，页数一般为 20 页至 200 页不等。（图 4-26、图 4-27）

DM 广告一般具有以下特点。：

1. 针对性强：DM 广告是以邮件的形式将宣传品送达消费者手中，因而它可以有针对性地选择

图 4-26 DM 广告

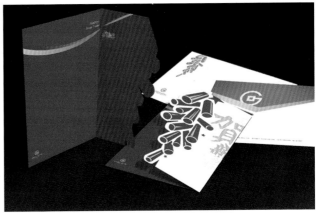

图 4-27 DM 广告

目标对象，有的放矢，减少浪费。

2．广告形式灵活多样：DM 广告可以自主选择合适的广告时间、区域，同时不用像报纸、杂志广告那样受版面、纸张、印刷等因素的制约。

DM 广告在内容上应明确表达产品的信息，如品种、包装、价格等，在设计上要创意新颖，强化图形、色彩的视觉识别效果，以吸引消费者的眼球。除此以外，DM 广告一般还要有相应的承诺和优惠，这样可以增强消费者的购买欲和行动力。

思考与练习

1．设计报纸、杂志广告各一则。主题不限，要求表现出各自的特点。

2．收集一些户外广告，对其进行分析。

3．电视广告的特点有哪些？选择一则你喜欢的电视广告，对其进行分析。

4．设计一则网络广告。主题不限，以网页的形式完成。

5．设计 DM 广告、POP 广告各一则。主题不限，要求表现出各自的特点。

第五章 作品欣赏

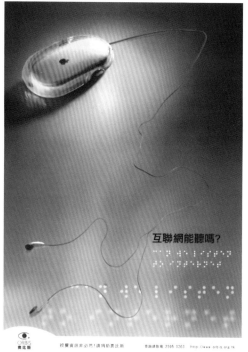

图 5-1 ORBIS 广告

图 5-2 复印纸广告

图 5-3 悍马汽车广告

图 5-4 NIKON 相机广告

图 5-5 关于戒烟的公益广告

图 5-6 关于戒酒的公益广告

图 5-7 泳衣广告

图 5-8 关于戒烟的公益广告

图 5-9　汽车广告

图 5-10　汉堡广告

图 5-11　快递广告

图 5-12　游戏机广告

图 5-13　游戏机广告

图 5-14　运动鞋广告

图5-15 服装广告

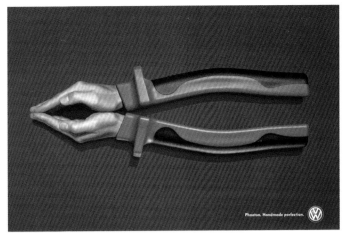

图5-16 汽车广告

图5-17 成人纸尿裤广告

图5-18 速食汤料广告

图5-19 汽车广告

图5-20 文具广告

图 5-21 饼干广告

图 5-22 口香糖广告

图 5-23 企业形象广告

图 5-24 杀虫剂广告

图 5-25 胶水广告

图 5-26 汽车广告

图5-27 手机广告

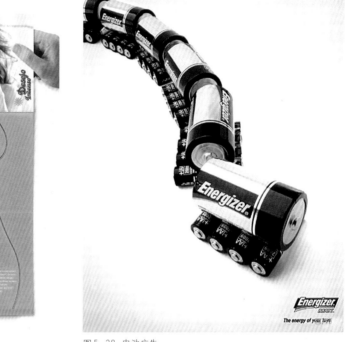

图5-28 电池广告

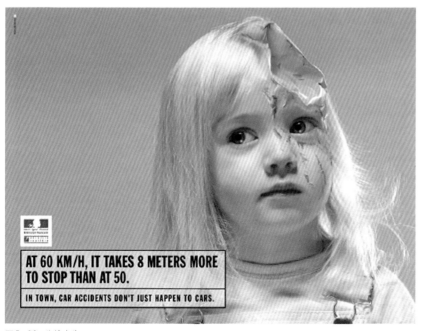

AT 60 KM/H, IT TAKES 8 METERS MORE TO STOP THAN AT 50.

IN TOWN, CAR ACCIDENTS DON'T JUST HAPPEN TO CARS.

图5-29 公益广告

图5-30 眼药水广告

图5-31 企业形象广告

图5-32 运动鞋广告

图5-33 篮球鞋广告

参考文献

中外广告史教程	陈培爱 主编	中央广播电视大学出版社	2007
广告设计	许之敏 主编	轻工业出版社	2007
三大构成设计	史喜珍 杨建宏 主编	武汉理工大学出版社	2007
字体设计	余秉楠 主编	湖北美术出版社	2009
大家看的设计书	[美] 威谦斯 编著	人民邮电出版社	2009
广告摄影教程	张苏中 主编	中国轻工业出版社	2006
广告创意	原 博 编著	安徽美术出版社	2008
商业插画	张 雪 主编	西南师范大学出版社	1998
图形——现代设计创意与表现系列	门德来 主编	西安交通大学出版社	2005

后 记

　　坚持职业教育"以服务为宗旨、以就业为导向"的办学方针，需要我们根据市场和社会需要，不断更新教学内容，改进教学方法，推进精品专业、精品课程和教材建设。

　　高等学校高职高专艺术设计类专业规划教材作为我省唯一一套针对高职高专艺术设计类专业的规划教材，从市场调研到组织编写，再到编辑出版，历时两年。在此期间，既有教育行政管理部门的关心与支持，也有全省30余所高职高专院校的积极响应；既有主编人员的整体规划、严格要求，也有编写人员的数易其稿、精益求精；既有出版社社委会领导的果断决策，也有出版社各个部门的密切配合……高职高专的教材建设作为实现我省职业教育大省建设规划的一项基础性工作，这其中凝集了众多人士的智慧和汗水。

　　《广告设计》是高等学校高职高专艺术设计类专业规划教材中的一册，由安徽文达信息技术职业学院的严燕老师担任主编，芜湖职业技术学院的吕锐老师担任副主编。

　　高等学校高职高专艺术设计类专业规划教材的编写是一次尝试，由于水平和能力的限制，书中不足之处在所难免。真诚希望老师们在使用本书的过程中，能将所遇到的问题及时反馈给我们，以使我们的教材不断完善。

　　向所有为本套教材的编写与出版付出辛勤劳动的人表示深深的敬意！

编　者

2010年8月